Sonette

Rainer Maria Rilke

Sonett 1

Da stieg ein Baum. O reine Übersteigung!
O Orpheus singt! O hoher Baum im Ohr!
Und alles schwieg. Doch selbst in der Verschweigung
ging neuer Anfang, Wink und Wandlung vor.

Tiere aus Stille drangen aus dem klaren
gelösten Wald von Lager und Genist;
und da ergab sich, daß sie nicht aus List
und nicht aus Angst in sich so leise waren,

sondern aus Hören. Brüllen, Schrei, Geröhr
schien klein in ihren Herzen. Und wo eben
kaum eine Hütte war, dies zu empfangen,

ein Unterschlupf aus dunkelstem Verlangen
mit einem Zugang, dessen Pfosten beben, –
da schufst du ihnen Tempel im Gehör.

Sonett 2

Und fast ein Mädchen wars und ging hervor
aus diesem einigen Glück von Sang und Leier
und glänzte klar durch ihre Frühlingsschleier
und machte sich ein Bett in meinem Ohr.

Und schlief in mir. Und alles war ihr Schlaf.
Die Bäume, die ich je bewundert, diese
fühlbar Ferne, die gefühlte Wiese
und jedes Staunen, das mich selbst betraf.

Sie schlief die Welt. Singender Gott, wie hast
du sie vollendet, daß sie nicht begehrte,
erst wach zu sein? Sieh, sie erstand und schlief.

Wo ist ihr Tod? O wirst du dies Motiv
erfinden noch, eh sich dein Lied verzehrte? –
Wo sinkt sie hin aus mir? ... Ein Mädchen fast ...

Sonett 3

Ein Gott vermags. Wie aber, sag mir, soll
ein Mann ihm folgen durch die schmale Leier?
Sein Sinn ist Zwiespalt. An der Kreuzung zweier
Herzwege steht kein Tempel für Apoll.

Gesang, wie du ihn lehrst, ist nicht Begehr,
nicht Werbung um ein endlich noch Erreichtes ;
Gesang ist Dasein. Für den Gott ein Leichtes.
Wann aber *sind* wir? Und wann wendet *er*

an unser Sein die Erde und die Sterne?
Dies *ists* nicht, Jüngling, daß du liebst, wenn auch
die Stimme dann den Mund dir aufstößt, – lerne

vergessen, daß du aufsangst. Das verrinnt.
In Wahrheit singen, ist ein andrer Hauch.
Ein Hauch um nichts. Ein Wehn im Gott. Ein Wind.

Sonett 4

O ihr Zärtlichen, tretet zuweilen
in den Atem, der euch nicht meint,
laßt ihn an eueren Wangen sich teilen,
hinter zittert er, wieder vereint.

O ihr Seligen o ihr Heilen,
die ihr der Anfang der Herzen scheint.
Bogen der Pfeile und Ziele von Pfeilen,
ewiger glänzt euer Lächeln verweint.

Fürchtet Euch nicht zu leiden, die Schwere,
gebt sie zurück an der Erde Gewicht;
schwer sind die Berge, schwer sind die Meere.

Selbst die als Kinder ihr pflanztet, die Bäume,
wurden zu schwer längst; ihr trügt sie nicht.
Aber die Lüfte... aber die Räume...

Sonett 5

Errichtet keinen Denkstein. Laßt die Rose
nur jedes Jahr zu seinen Gunsten blühn.
Denn Orpheus ists. Seine Metamorphose
in dem und dem. Wir sollen uns nicht mühn

um andre Namen. Ein für alle Male
ists Orpheus, wenn es singt. Er kommt und geht.
Ists nicht schon viel, wenn er die Rosenschale
um ein paar Tage manchmal übersteht?

O wie er schwinden muß, daß ihrs begrifft!
Und wenn ihm selbst auch bangte, daß er schwände.
Indem sein Wort das Hiersein übertrifft,

ist er schon dort, wohin ihrs nicht begleitet.
Der Leier Gitter zwängt ihm nicht die Hände.
Und er gehorcht, indem er überschreitet.

Sonett 6

Ist er ein Hiesiger? Nein, aus beiden
Reichen erwuchs seine weite Natur.
Kundiger böge die Zweige der Weiden,
wer die Wurzeln der Weiden erfuhr.

Geht ihr zu Bette, so laßt auf dem Tische
Brot nicht und Milch nicht; die Toten ziehts –.
Aber er, der Beschwörende mische
unter der Milde des Augenlids

ihre Erscheinung in alles Geschaute;
und der Zauber von Erdreich und Raute
sei ihm so wahr wie der klarste Bezug.

Nichts kann das gültige Bild ihm verschlimmern;
sei es aus Gräbern, sei aus Zimmern,
rühme er Fingerring, Spange und Krug.

Sonett 7

Rühmen, das ists! Ein zum Rühmen Bestellter,
ging er hervor wie das Erz aus des Steins
Schweigen. Sein Herz, o vergängliche Kelter
eines den Menschen unendlichen Weins.

Nie versagt ihm die Stimme am Staube,
wenn ihn das göttliche Beispiel ergreift.
Alles wird Weinberg, alles wird Traube,
in seinem fühlenden Süden gereift.

Nicht in den Grüften der Könige Moder
straft ihm die Rühmung Lügen, oder
daß von den Göttern ein Schatten fällt.

Er ist einer der bleibenden Boten,
der noch weit in die Türen der Toten
Schalen mit rühmlichen Früchten hält.

Sonett 8

Nur im Raum der Rühmung darf die Klage
gehen, die Nymphe des geweinten Quells,
wachend über unserm Niederschlage,
daß er klar sei an demselben Fels,

der die Tore trägt und die Altäre. –
Sieh, um ihre stillen Schultern früht
das Gefühl, daß sie die jüngste wäre
unter den Geschwistern im Gemüt.

Jubel *weiß* und Sehnsucht ist geständig, –
nur die Klage lernt noch; mädchenhändig
zählt sie nächtelang das alte Schlimme.

Aber plötzlich, schräg und ungeübt,
hält sie doch ein Sternbild unserer Stimme
in den Himmel, den ihr Hauch nicht trübt.

Sonett 9

Nur wer die Leier schon hob
auch unter Schatten,
darf das unendliche Lob
ahnend erstatten.

Nur wer mit Toten vom Mohn
aß, von dem ihren,
wird nicht den leisesten Ton
wieder verlieren.

Mag auch die Spieglung im Teich
oft uns verschwimmen:
Wisse das Bild.

Erst in dem Doppelbereich
werden die Stimmen
ewig und mild.

Sonett 10

Euch, die ihr nie mein Gefühl verließt,
grüß ich, antikische Sarkophage,
die das fröhliche Wasser römischer Tage
als ein wandelndes Lied durchfließt.

Oder jene so offenen, wie das Aug
eines frohen erwachenden Hirten,
– innen voll Stille und Bienensaug –
denen entzückte Falter entschwirrten;

alle, die man dem Zweifel entreißt,
grüß ich, die wiedergeöffneten Munde,
die schon wußten, was schweigen heißt.

Wissen wirs, Freunde, wissens wir nicht?
Beides bildet die zögernde Stunde
in dem menschlichen Angesicht.

Sonett 11

Sieh den Himmel. Heißt kein Sternbild *Reiter?*
Denn dies ist uns seltsam eingeprägt:
dieser Stolz aus Erde. Und ein Zweiter,
der ihn treibt und hält und den er trägt.

Ist nicht so, gejagt und dann gebändigt,
diese sehnige Natur des Seins?
Weg und Wendung. Doch ein Druck verständigt.
Neue Weite. Und die zwei sind eins.

Aber *sind* sie's? Oder meinen beide
nicht den Weg, den sie zusammen tun?
Namenlos schon trennt sie Tisch und Weide.

Auch die sternische Verbindung trügt.
Doch uns freue eine Weile nun
der Figur zu glauben. Das genügt.

Sonett 12

Heil dem Geist, der uns verbinden mag;
denn wir leben wahrhaft in Figuren.
Und mit kleinen Schritten gehen die Uhren
neben unserm eigentlichen Tag.

Ohne unsern wahren Platz zu kennen,
handeln wir aus wirklichem Bezug.
Die Antennen fühlen die Antennen,
und die leere Ferne trug ...

Reine Spannung. O Musik der Kräfte!
Ist nicht durch die läßlichen Geschäfte
jede Störung von dir abgelenkt?

Selbst wenn sich der Bauer sorgt und handelt,
wo die Saat in Sommer sich verwandelt,
reicht er niemals hin. Die Erde *schenkt.*

Sonett 13

Voller Apfel, Birne und Banane,
Stachelbeere ... Alles dieses spricht
Tod und Leben in den Mund ... Ich ahne ...
Lest es einem Kind vom Angesicht,

wenn es sie erschmeckt. Dies kommt von weit.
Wird euch langsam namenlos im Munde?
Wo sonst Worte waren, fließen Funde,
aus dem Fruchtfleisch überrascht befreit.

Wagt zu sagen, was ihr Apfel nennt.
Diese Süße, die sich erst verdichtet,
um, im Schmecken leise aufgerichtet,

klar zu werden, wach und transparent,
doppeldeutig, sonnig, erdig, hiesig –:
O Erfahrung, Fühlung, Freude –, riesig!

Sonett 14

Wir gehen um mit Blume, Weinblatt, Frucht.
Sie sprechen nicht die Sprache nur des Jahres.
Aus Dunkel steigt ein buntes Offenbares
und hat vielleicht den Glanz der Eifersucht

der Toten an sich, die die Erde stärken.
Was wissen wir von ihren Teil an dem?
Es ist seit langem ihre Art, den Lehm
mit ihrem freiem Marke zu durchmärken.

Nun fragt sich nur : tun sie es gern? ...
Drängt diese Frucht, ein Werk von schweren
Sklaven,
geballt zu uns empor, zu ihren Herrn?

Sind *sie* die Herren , die bei den Wurzel schlafen,
und gönnen uns aus ihren Überflüssen
dies Zwischending aus stummer Kraft und Küssen?

Sonett 15

Wartet ..., das schmeckt ... Schon ists auf der Flucht.
... Wenig Musik nur, ein Stampfen, ein Summen –:
Mädchen, ihr warmen, Mädchen, ihr stummen,
tanzt den Geschmack der erfahrenen Frucht!

Tanzt die Orange. Wer kann sie vergessen,
wie sie, ertrinkend in sich, sich wehrt
wider ihr Süßsein. Ihr habt sie besessen.
Sie hat sich köstlich zu euch bekehrt.

Tanzt die Orange. Die wärmere Landschaft,
werft sie aus euch, daß die reife erstrahle
in Lüften der Heimat! Erglühte, enthüllt

Düfte um Düfte. Schafft die Verwandtschaft
mit der reinen, sich weigernden Schale,
mit dem Saft, der die glückliche füllt!

Sonett 16

Du, mein Freund, bist einsam, weil...
Wir machen mit Worten und Fingerzeigen
uns allmählich die Welt zu eigen,
vielleicht ihren schwächsten, gefährlichsten Teil.

Wer zeigt mit den Fingern auf einen Geruch? –
Doch von den Kräften, die uns bedrohten ,
fühlst du viele ... Du kennst die Toten,
und du erschrickst vor dem Zauberspruch.

Sieh, nun heißt es zusammen ertragen
Stückwerk und Teile, als sei es das Ganze.
Dir helfen wird schwer sein. Vor allem: pflanze

mich nicht in dein Herz. Ich wüchse zu schnell.
Doch *meines* Herren Hand will ich führen und
sagen:
Hier. Das ist Esau in seinem Fell.

Sonett 17

Zu unterst der Alte, verworrn,
all der Erbauten
Wurzel, verborgener Born,
den sie nie schauten.

Sturmhelm und Jägerhorn,
Spruch von Ergrauten,
Männer im Bruderzorn,
Frauen wie Lauten ...

Drängender Zweig an Zweig,
nirgends ein freier ...
Einer! o steig ... o steig ...

Aber sie brechen noch.
Dieser erst oben doch
biegt sich zur Leier.

Sonett 18

Hörst du das Neue, Herr,
dröhnen und beben?
Kommen Verkündiger,
die es erheben.

Zwar ist kein Hören heil
in dem Durchtobtsein.
doch der Maschinenteil
will jetzt gelobt sein.

Sieh, die Maschine:
wie sie sich wälzt und rächt
und uns entstellt und schwächt.

Hat sie aus uns auch Kraft ,
sie, ohne Leidenschaft,
treibe und diene.

Sonett 19

Wandelt sich rasch auch die Welt
wie Wolkengestalten,
alles Vollendete fällt
heim zum Uralten.

Über dem Wandel und Gang,
weiter und freier,
währt noch dein Vor-Gesang,
Gott mit der Leier.

Nicht sind die Leiden erkannt,
nicht ist die Liebe gelernt,
und was im Tod uns entfernt,

ist nicht entschleiert.
Einzig das Lied überm Land
heiligt und feiert.

Sonett 20

Dir aber, Herr, o was weih ich dir, sag,
der das Ohr den Geschöpfen gelehrt? –
Mein Erinnern an einen Frühlingstag,
seinen Abend, in Rußland –, ein Pferd...

Herüber vom Dorf kam der Schimmel allein,
an der vorderen Fessel den Pflock,
um die Nacht auf den Wiesen allein zu sein;
wie schlug der Mähne Gelock

an dem Hals im Takte des Übermuts,
bei dem grob gehemmten Galopp.
Wie sprangen die Quellen des Rossebluts!

Der fühlte die Weiten, und ob!
Der sang und der hörte –, dein Sagenkreis
war *in* ihm geschlossen. Sein Bild: ich weih's.

Sonett 21

Frühling ist wiedergekommen. Die Erde
ist wie ein Kind, das Gedichte weiß;
viele, o viele ... Für die Beschwerde
langen Lernens bekommt sie den Preis.

Streng war ihr Lehrer. Wir mochten das Weiße
an dem Barte des alten Manns.
Nun, wie das Grüne, das Blaue heiße,
dürfen wir fragen: sie kanns, sie kanns!

Erde, die frei hat, du glückliche, spiele
nun mit den Kindern. Wir wollen dich fangen,
fröhliche Erde. Dem Frohsten gelingts.

O, was der Lehrer sie lehrte, das Viele,
und was gedruckt steht in Wurzeln und langen
schwierigen Stämmen : sie singts, sie singts.

Sonett 22

Wir sind die Treibenden.
Aber den Schritt der Zeit,
nehmt in als Kleinigkeit
im immer Bleibenden.

Alle das Eilende
wird schon vorüber sein;
denn da Verweilende
erst weiht uns ein.

Knaben o werft den Mut
nicht in die Schnelligkeit,
nicht in den Flugversuch.

Alles ist ausgeruht.
Dunkel und Helligkeit
Blume und Buch.

Sonett 23

O erst *dann*, wenn der Flug
nicht mehr um seinetwillen
wird in die Himmelstillen
steigen, sich selber genug,

um in lichten Profilen,
als das Gerät, das gelang,
Liebling der Winde zu spielen,
sicher schwenkend und schlank, –

erst wenn ein reines Wohin
wachsender Apparate
Knabenstolz überwiegt,

wird, überstürzt von Gewinn,
jener den Fernen Genahte
sein, was er einsam erfliegt.

Sonett 24

Sollen wir unsere uralte Freundschaft, die großen
niemals werbenden Götter, weil sie der harte
Stahl, den wir streng erzogen, nicht kennen,
verstoßen
oder sie plötzlich suchen auf einer Karte?

Diese gewaltigen Freunde, die uns die Toten
nehmen, rühren nirgends an unsere Räder.
Unsere Gastmähler haben wir weit –, unsere Bäder,
fortgerückt, und ihre uns lang schon zu langsamen
Boten

überholen wir immer. Einsamer nun aufeinander
ganz angewiesen, ohne einander zu kennen,
führen wir nicht mehr die Pfade als schöne Mäander,

sondern als Grade. Nur noch in Dampfkesseln
brennen

die einstigen Feuer und heben die Hämmer, die
immer
größern. Wir aber nehmen an Kraft ab, wie
Schwimmer.

Sonett 25

Dich aber will ich nun, *Dich*, die ich kannte
wie eine Blume, von ich den Namen nicht weiß,
noch *ein* Mal erinnern und ihnen zeigen, Entwandte,
schöne Gespielin, des unüberwindlichen Schrei's.

Tänzerin erst, die plötzlich, den Körper voll Zögern
anhielt, als göß man ihr Jungsein in Erz;
trauernd und lauschend –. Da, von den hohen
Vermögern
fiel ihr Musik in das veränderte Herz.

Nah war die Krankheit. Schon von den Schatten
bemächtigt,
drängte verdunkelt das Blut, doch, wie flüchtig
verdächtigt,
trieb es in seinen natürlichen Frühling hervor.

Wieder und wieder, von Dunkel und Sturz
unterbrochen,
glänzte es irdisch. Bis es nach schrecklichem Pochen
trat in das trostlos offene Tor.

Sonett 26

Du aber, Göttlicher, du, bis zuletzt noch Ertöner,
da ihn der Schwarm der verschmähten Mänaden
befiel,
hast ihr Geschrei übertönt mit Ordnung, du
Schöner,
aus den Zerstörenden stieg dein erbauendes Spiel.

Keine war da, daß sie Haupt dir und Leier zerstör.
Wie sie auch rangen und rasten, und alle die
scharfen
Steine, die sie nach deinem Herzen warfen,
wurden zu Sanften an dir und begabt mit Gehör.

Schließlich zerschlugen sie dich, von der Rache
gehetzt,
während dein Klang noch in Löwen und Felsen
verweilte
und in den Bäumen und Vögeln. Dort singst du noch
jetzt.

O du verlorener Gott! Du unendliche Spur!
Nur weil dich reißend zuletzt die Feindschaft
verteilte,
sind wir die Hörenden jetzt und ein Mund der Natur.

Teil B
Sonett 1 b

Atmen, du unsichtbares Gedicht!
Immerfort um das eigne
Sein rein eingetauschter Weltraum. Gegengewicht,
in dem ich mich rhythmisch ereigne.

Einzige Welle, deren
allmähliches Meer ich bin;
sparsamstes du von allen möglichen Meeren, –
Raumgewinn.

Wieviele von diesen Stellen der Räume waren schon
innen in mir. Manche Winde
sind wie mein Sohn.

Erkennst du mich, Luft, du, voll noch einst meiniger
Orte?
Du, einmal glatte Rinde,
Rundung und Blatt meiner Worte.

Sonett 2 b

So wie dem Meister manchmal das eilig
nähere Blatt den *wirklichen* Strich
abnimmt: so nehmen oft Spiegel das heilig
einzige Lächeln der Mädchen in sich,

wenn sie den Morgen erproben, allein, –
oder im Glanze der dienenden Lichter.
Und in das Atmen der echten Gesichter,
später, fällt nur ein Widerschein.

Was haben Augen einst ins umrußte
lange Verglühn der Kamine geschaut:
Blicke des Lebens, für immer verlorne.

Ach, der Erde, wer kennt die Verluste?
Nur, wer mit dennoch preisendem Laut
sänge das Herz, das ins Ganze geborne.

Sonett 3 b

Spiegel: noch nie hat man wissend beschrieben,
was ihr in euerem Wesen seid.
Ihr, wie mit lauter Löchern von Sieben
erfüllten Zwischenräume der Zeit.

Ihr, noch des leeren Saales Verschwender –,
wenn es dämmert, wie Wälder weit ...
Und der Lüster geht wie ein Sechzehn-Ender
durch eure Unbetretbarkeit.

Manchmal seid ihr voll Malerei.
Einige scheinen *in* euch gegangen –,
andere schicktet ihr scheu vorbei.

Aber die Schönste wird bleiben, bis
drüben in ihre enthaltenen Wangen
eindrang der klare gelöste Narziß.

Sonett 4 b

O dieses ist das Tier, das es nicht giebt.
Sie wußtens nicht und habens jeden Falls
– sein Wandeln, seine Haltung, seinen Hals,
bis in des stillen Blickes Licht – geliebt.

Zwar *war* es nicht. Doch weil sie's liebten, ward
ein reines Tier. Sie ließen immer Raum.
Und in dem Raume, klar und ausgespart
erhob es leicht sein Haupt und brauchte kaum

zu sein. Sie nährten es mit keinem Korn,
nur immer mit der Möglichkeit, es sei.
Und die gab solche Stärke an das Tier,

daß es aus sich ein Stirnhorn trieb. Ein Horn.
Zu einer Jungfrau kam es weiß herbei –
und war im Silber-Spiegel und in ihr.

Sonett 5 b

Blumenmuskel, der der Anemone
Wiesenmorgen nach und nach erschließt,
bis in ihren Schooß das polyphone
Licht der lauten Himmel sich ergießt,

in den stillen Blütenstern gespannter
Muskel des unendlichen Empfangs,
manchmal *so* von Fülle übermannter,
daß der Ruhewink des Untergangs

kaum vermag die weitzurückgeschnellten
Blätterränder dir zurückzugeben:
du, Entschluß und Kraft von *wie*viel Welten!

Wir, Gewaltsamen, wir währen länger.
Aber *wann*, in welchem aller Leben,
sind wir endlich offen und Empfänger?

Sonett 6 b

Rose, du thronende, denen im Altertum
warst du ein Kelch mit einfachem Rand.
Uns aber bist du die volle zahllose Blume,
der unerschöpfliche Gegenstand.

In deinem Reichtum scheinst du wie Kleidung um
Kleidung
um einen Leib aus nichts als Glanz;
aber dein einzelnes Blatt ist zugleich die Vermeidung
und die Verleugnung jedes Gewands.

Seit Jahrhunderten ruft uns dein Duft
seinen süßesten Namen herüber;
plötzlich liegt er wie Ruhm in der Luft.

Dennoch wir wissen ihn nicht zu nennen, wir raten...
Und Erinnerung geht zu ihm über,
die wir von rufbaren Stunden erbaten.

Sonett 7 b

Blumen, ihr schließlich den ordnenden Händen
verwandte,
(Händen der Mädchen von einst und jetzt),
die auf dem Gartentisch oft von Kante zu Kante
lagen, ermattet und sanft verletzt,

wartend des Wassers, das sie noch einmal erhole
aus dem begonnenen Tod –, und nun
wieder erhobene zwischen die strömenden Pole
fühlender Finger, die wohlzutun

mehr noch vermögen, als ihr ahntet, ihr leichten,
wenn ihr euch wiederfandet im Krug,
langsam erkühlend und Warmes der Mädchen, wie
Beichten,

von euch gebend, wie trübe ermüdende Sünden,
die das Gepflücktsein beging, als Bezug
wieder zu ihnen, die sich euch blühend verbünden.

Sonett 8 b

Wenige ihr, der einstigen Kindheit Gespielen
in den zerstreuten Gärten der Stadt:
wie wir uns fanden und uns zögernd gefielen
und, wie das Lamm mit dem redenden Blatt,

sprachen als Schweigende. Wenn wir uns einmal
freuten,
keinem gehörte es. Wessen wars?
Und wie zergings unter allen den gehenden Leuten
und im Bangen des langen Jahrs.

Wagen umrollten uns fremd, vorübergezogen,
Häuser umstanden uns stark, aber unwahr, – und
keines
kannte uns je. *Was* war wirklich im All?

Nichts. Nur die Bälle, ihre herrlichen Bogen.
Auch nicht die Kinder ... Aber manchmal trat eines,
ach ein vergehendes, unter den fallenden Ball.

(In memoriam Egon von Rilke)

Sonett 9 b

Rühmt euch, ihr Richtenden, nicht der entbehrlichen
Folter
und daß das Eisen nicht länger an Hälsen sperrt.
Keins ist gesteigert, kein Herz –, weil ein gewollter
Krampf der Milde euch zarter verzerrt.

Was es durch Zeiten bekam, das schenkt das
Schafott
wieder zurück, wie Kinder ihr Spielzeug vom vorig
alten Geburtstag. Ins reine, ins hohe, ins thorig
offene Herz träte er anders, der Gott

wirklicher Milde. Er käme gewaltig und griffe
strahlender um sich, wie Göttliche sind.
Mehr als ein Wind für die großen gesicherten Schiffe.

Weniger nicht, als die heimliche leise Gewahrung,
die uns im Innern schweigend gewinnt
wie ein still spielendes Kind aus unendlicher
Paarung.

Sonett 10 b

Alles Erworbene bedroht die Maschine, solange
sie sich erdreistet, im Geist, statt im Gehorchen, zu
sein.
Daß nicht der herrlichen Hand schöneres Zögern
mehr prange,
zu dem entschlossenern Bau schneidet sie steifer den
Stein.

Nirgends bleibt sie zurück, daß wir ihr *ein* Mal
entrönnen
und sie in stiller Fabrik ölend sich selber gehört.
Sie ist das Leben, – sie meint es am besten zu
können,
die mit dem gleichen Entschluß ordnet und schafft
und zerstört.

Aber noch ist uns das Dasein verzaubert; an hundert
Stellen ist es noch Ursprung. Ein Spielen von reinen
Kräften, die keiner berührt, der nicht kniet und
bewundert.

Worte gehen noch zart am Unsäglichen aus ...
Und die Musik, immer neu, aus den bebendsten
Steinen,
baut im unbrauchbaren Raum ihr vergöttlichtes
Haus.

Sonett 11 b

Manche, des Todes, entstand ruhig geordnete Regel,
weiterbezwingender Mensch, seit du im Jagen
beharrst;
mehr doch als Falle und Netz, weiß ich dich, Streifen
von Segel,
den man hinuntergehängt in den höhligen Karst.

Leise ließ man dich ein, als wärst du ein Zeichen,
Frieden zu feiern. Doch dann : rang dich am Rande
der Knecht,
– und aus den Höhlen, die Nacht warf eine Handvoll
von bleichen
taumelnden Tauben ans Licht... Aber auch *das* ist im
Recht.

Fern von dem Schauenden sie jeglicher Hauch des
Bedauerns,
nicht nur vom Jäger allein, der, was sich zeitig

erweist,
wachsam und handelnd vollzieht.

Töten ist eine Gestalt unseres wandernden Trauerns

...

Rein ist im heiteren Geist,
was an uns selber geschieht.

Sonett 12 b

Wolle die Wandlung. O sei für die Flamme
begeistert,
drin sich ein Ding dir entzieht, das mit
Verwandlungen prunkt;
jener entwerfende Geist, welcher das Irdische
meistert,
liebt in dem Schwung der Figur nichts wie den
wendenden Punkt.

Was sich ins Bleiben verschließt, schon *ists* das
Erstarrte;
wähnt es sich sicher im Schutz des unscheinbaren
Grau's?
Warte, ein Härtestes warnt aus der Ferne das Harte.
Wehe –: abwesender Hammer holt aus!

Wer sich als Quelle ergießt, den erkennt die
Erkennung;
und sie führt ihn entzückt durch das heiter
Geschaffne,
das mit Anfang oft schließt und mit Ende beginnt.

Jeder glückliche Raum ist Kind oder Enkel von
Trennung,
den sie staunend durchgehn. Und die verwandelte
Daphne
will, seit sie lorbeern fühlt, daß du dich wandelst in
Wind.

Sonett 13 b

Sei allem Abschied voran, als wäre er hinter
dir, wie der Winter, der eben geht.
Denn unter Wintern ist einer so endlich Winter,
daß, überwinternd, Dein Herz überhaupt widersteht.

Sei immer tot in Eurydike –, singender steige,
preisender steige zurück in den reinen Bezug.
Hier, unter Schwindenden, sei, im Reiche der Neige,
sei ein klingendes Glas, das sich im Klang schon
zerschlug.

Sei – und wisse zugleich des Nicht-Seins Bedingung,
den unendlichen Grund deiner innigen Schwingung,
daß du sie völlig vollziehst dieses einzige Mal.

Zu dem gebrauchten sowohl, wie zum dumpfen und
stummen
Vorrat der vollen Natur, den unsäglichen Summen,
zähle dich jubelnd hinzu und vernichte die Zahl.

Sonett 14 b

Siehe die Blumen, diese dem Irdischen treuen,
denen wir Schicksal vom Rande des Schicksals leihn,
–
aber wer weiß es! Wenn sie ihr Welken bereuen,
ist es an uns, ihre Reue zu sein.

Alles will schweben. Da gehn wir umher wie
Beschwerer,
legen auf alles uns selbst, vom Gewichte entzückt;
o was sind wir den Dingen für zehrende Lehrer,
weil ihnen ewige Kindheit glückt.

Nähme sie einer ins innige Schlafen und schliefe
tief mit den Dingen –: o wie käme er leicht,
anders zum anderen Tag, aus der gemeinsamen
Tiefe.

Oder er bliebe vielleicht; und sie blühten und
priesen
ihn, den Bekehrten, der nun den Ihrigen gleicht,
allen den stillen Geschwistern im Winde der Wiesen.

Sonett 15 b

O Brunnen-Mund, du gebender, du Mund,
der unerschöpflich Eines, Reines spricht, –
du, vor des Wassers fließendem Gesicht,
marmorne Maske. Und im Hintergrund

der Aquädukte Herkunft. Weither an
Gräbern vorbei, vom Hang des Apennins
tragen sie dir dein Sagen zu, das dann
am schwarzen Altern deines Kinns

vorüberfällt in das Gefäß davor.
Dies ist das schlafend hingelegte Ohr,
das Marmorohr, in das du immer sprichst.

Ein Ohr der Erde. Nur mit sich allein
redet sie also. Schiebt ein Krug sich ein,
so scheint es ihr, daß du sie unterbrichst.

Sonett 16 b

Immer wieder von uns aufgerissen,
ist der Gott die Stelle, welche heilt.
Wir sind Scharfe, denn wir wollen wissen,
aber er ist heiter und verteilt.

Selbst die reine, die geweihte Spende
nimmt er anders nicht in seine Welt,
als indem er sich dem freien Ende
unbewegt entgegenstellt.

Nur der Tote trinkt
aus der hier von uns *gehörten* Quelle,
wenn der Gott ihm schweigend winkt, dem Toten.

Uns wird nur das Lärmen angeboten.
Und das Lamm erbittet seine Schelle
aus dem stilleren Instinkt.

Sonett 17 b

Wo, in welchen immer selig bewässerten Gärten, an welchen
Bäumen, aus welchen zärtlich entblätterten Blüten-
Kelchen
reifen die fremdartigen Früchte der Tröstung? Diese
köstlichen, deren du eine vielleicht in der zertretenen
Wiese

deiner Armut findest. Von einem zum anderen Male
wunderst du dich über die Größe der Frucht,
über ihr Heilsein, über die Sanftheit der Schale
und daß sie der Leichtsinn des Vogels dir nicht
vorwegnahm und nicht die Eifersucht

unten des Wurms. Gibt es denn Bäume, von Engeln
beflogen,
und von verborgenen langsamen Gärtnern so seltsam
gezogen,
daß sie uns tragen ohne uns zu gehören?

Haben wir niemals vermocht, wir Schatten und
Schemen,
durch unser voreilig reifes und wieder welkes
Benehmen
jener gelassenen Sommer Gleichmut zu stören?

Sonett 18 b

Tänzerin: o du Verlegung
alles Vergehens in Gang: Wie brachtest du's dar.
Und dieser Wirbel am Schluß, dieser Baum aus

Bewegung,
nahm er nicht ganz in Besitz das erschwungene Jahr?

Blühte nicht, daß ihn dein Schwingen von vorhin
umschwärme,
plötzlich sein Wipfel voll Stille? Und über ihr,
war sie nicht Sonne, war sie nicht Sommer, die
Wärme
diese unzählige Wärme aus dir?

Aber er trug auch, er trug, dein Baum der Ekstase.
Sind sie nicht seine ruhigen Früchte : Der Krug,
reifend gestreift, und die gereiftere Vase?

Und in den Bildern: ist nicht die Zeichnung
geblieben,
die deiner Braue dunkler Zug
rasch an die Wandung der eigenen Wendung
geschrieben?

Sonett 19 b

Irgendwo wohnt das Gold in der verwöhnenden
Bank
und mit Tausenden tut es vertraulich. Doch jener
Blinde, der Bettler, ist selbst dem kupfernern
Zehner,
wie ein verlorener Ort, wie das staubige Eck unterm
Schrank.

In den Geschäften entlang ist das Geld wie zuhause
und verkleidet sich scheinbar in Seide, Nelken und
Pelz.
Er, der Schweigende, steht in der Atempause
alles des wach oder schlafend atmenden Gelds.

O wie mag sie sich schließen bei Nacht, diese immer
offene Hand.
Morgen holt sie das Schicksal wieder, und täglich
hält es sie hin: hell, elend, unendlich zerstörbar.

Daß doch einer, ein Schauender, endlich ihren
langen Bestand
staunend begriffe und rühmte. Nur dem
Aufsingenden säglich.
Nur dem Göttlichen hörbar.

Sonett 20 b

Zwischen den Sternen, wie weit; und doch, um
wievieles noch weiter,
was man am Hiesigen lernt.
Einer, zum Beispiel ein Kind... und ein Nächster, ein
Zweiter –,
o wie unfaßlich entfernt.

Schicksal, es mißt uns vielleicht mit des Seienden
Spanne,
daß es uns fremd erscheint;
denk, wieviel Spannen allein vom Mädchen zum
Manne,
wenn es ihn meidet und meint.

Alles ist weit –, und nirgends schließt sich der Kreis.
Sieh in der Schüssel, auf heiter bereitetem Tische
seltsam der Fische Gesicht

Fische sind stumm ..., meinte man einmal. Wer
weiß?
Aber ist nicht am Ende ein Ort, wo man das, was der
Fische
Sprache wäre, *ohne* sie spricht?

Sonett 21 b

Singe die Gärten, mein Herz, die du nicht kennst; wie
in Glas
eingegossene Gärten, klar, unerreichbar,
Wasser und Rosen von Isphahan oder Schiras,
singe sie selig, preise sie, keinem vergleichbar.

Zeige, mein Herz, daß du sie niemals entbehrst.
Daß sie dich meinen, ihre reifenden Feigen.
Daß du mit ihren, zwischen den blühenden Zweigen
wie zum Gesicht gesteigerten Lüften verkehrst.

Meide den Irrtum, daß es Entbehrungen gebe
für den geschehnen Entschluß, diesen: zu sein!
Seidener Faden, kamst du hinein ins Gewebe.

Welchem der Bilder du auch im Innern geeint bist
(sei es selbst ein Moment aus dem Leben der Pein),
fühl, daß der ganze, rühmliche Teppich gemeint ist.

Sonett 22 b

O trotz Schicksal: die herrlichen Überflüsse
unseres Daseins, in Parken übergeschäumt, –
oder als steinerne Männer neben die Schlüsse
hoher Portale, unter Balkone gebäumt!

O die eherne Glocke, die ihre Keule
täglich wider den stumpfen Alltag hebt.
Oder die *eine*, in Karnak, die Säule, die Säule,
die fast ewige Tempel überlebt.

Heute stürzen die Überschüsse, dieselben,
nur noch als Eile vorbei, aus dem waagrechten
gelben
Tag in die blendend mit Licht übertriebene Nacht.

Aber das Rasen zergeht und läßt keine Spuren.
Kurven des Flugs durch die Luft und die, die sie
fuhren,
keine vielleicht ist umsonst. Doch nur wie gedacht.

Sonett 23 b

Rufe mich zu jener Deiner Stunden,
die dir unaufhörlich widersteht:

flehend nah, wie das Gesicht von Hunden,
aber immer wieder weggedreht,

wenn du endlich meinst, sie zu erfassen.
So Entzognes ist am meisten dein.
Wir sind frei. Wir wurden dort entlassen
wo wir meinten erst begrüßt zu sein.

Bang verlangen wir nach einem Halte,
wir zu Jungen manchmal für das Alte
und zu alt für das, was niemals war.

Wir, gerecht nur, wo wir dennoch preisen,
weil wir, ach, der Ast sind und das Eisen
und das Süße reifender Gefahr.

Sonett 24 b

O diese Lust, immer neu, aus gelockertem Lehm!
Niemand beinah hat den frühesten Wagern
geholfen.
Städte entstanden trotzdem an beseligten Golfen,
Wasser und Öl füllten die Krüge trotzdem.

Götter, wir planen sie erst in erkühnten Entwürfen,
die uns das mürrische Schicksal wieder zerstört.
Aber sie sind die Unsterblichen. Sehet, wir dürfen
jenen erhorchen, der uns am Ende erhört.

Wir, ein Geschlecht durch Jahrtausende: Mütter und
Väter,
immer erfüllter von dem künftigen Kind,
daß es uns einst, übersteigend, erschüttere, später.

Wir, wir unendlich Gewagten, was haben wir Zeit!
Und nur der schweigsame Tod, der weiß, was wir
sind
und was er immer gewinnt, wenn er uns leiht.

Sonett 25 b

Schon, horch, hörst du der ersten Harken
Arbeit; wieder den menschlichen Takt
in der verhaltenen Stille der starken
Vorfrühlingserde. Unabgeschmackt

scheint dir das Kommende. Jenes so oft
dir schon Gekommene scheint dir zu kommen
wieder wie Neues. Immer erhofft
nahmst du es niemals. Es hat dich genommen.

Selbst die Blätter durchwinterter Eichen
scheinen im Abend ein künftiges Braun
Manchmal geben sich Lüfte ein Zeichen.

Schwarz sind die Sträucher. Doch Haufen von
Dünger
lagern als satteres Schwarz in den Aun.
Jede Stunde, die hingeht, wird jünger.

Sonett 26 b

Wie ergreift uns der Vogelschrei...
Irgendein einmal erschaffenes Schreien.
Selbst die Kinder schon, spielend im Freien,
schreien am wirklichen Schreien vorbei.

Schreien den Zufall. In Zwischenräume
dieses, des Weltraums, (in welchen der heile
Vogelschrei eingeht, wie Menschen in Träume –)
treiben sie ihre, des Kreischens, Keile.

Wehe, wo sind wir? Immer noch freier
wie die losgerissenen Drachen
jagen wir halbhoch, mit Rändern von Lachen,

windig zerfetzten. – Ordne die Schreier,
singender Gott! daß sie rauschend erwachen,
tragend als Strömung das Haupt und die Leier.

Sonett 27 b

Gibt es wirklich die Zeit, die zerstörende?
Wann, auf dem ruhenden Berg, zerbricht sie die
Burg?
Dieses Herz, das unendlich den Göttern gehörende,
wann vergewaltigts der Demiurg?

Sind wir wirklich so ängstlich Zerbrechliche,
wie das Schicksal uns wahr machen will?
Ist die Kindheit, die tiefe versprechliche,
in den Wurzeln – später – still?

Ach, das Gespenst des Vergänglichen,
durch den arglos Empfänglichen
geht es, als wär es ein Rauch.

Als die, die wir sind, als die Treibenden,
gelten wir doch bei bleibenden
Kräften als göttlicher Brauch.

Sonett 28 b

O komm und geh. Du, fast noch Kind, ergänze
für einen Augenblick die Tanzfigur
zum reinem Sternbild eines jener Tänze,
darin wir die dumpf ordnende Natur

vergänglich übertreffen. Denn sie regte
sich völlig hörend nur, da Orpheus sang.
Du warst noch die von damals her Bewegte
und leicht befremdet, wenn ein Baum sich lang

besann, mit dir nach dem Gehör zu gehen.
Du wußtest noch die Stelle, wo die Leier
sich tönend hob –; die unerhörte Mitte.

Für sie versuchtest du die schönen Schritte
und hofftest, einmal zu der heilen Feier
des Freundes Gang und Antlitz hinzudrehn.

Sonett 29 b

Stiller Freund der vielen Fernen, fühle,
wie dein Atem noch den Raum vermehrt.
Im Gebälk der finsteren Glockenstühle
laß dich läuten. Das, was an dir zehrt,

wird ein Starkes über dieser Nahrung.
Geh in der Verwandlung aus und ein.
Was ist deine leidendste Erfahrung?
Ist dir Trinken bitter, werde Wein.

Sei in dieser Nacht aus Übermaß
Zauberkraft am Kreuzweg Deiner Sinne,
ihrer seltsamen Begegnung Sinn.

Und wenn dich das Irdische vergaß,
zu der stillen Erde sag: Ich rinne.
Zu dem raschen Wasser sprich: Ich bin.